글나무 시선 08

모래시계

글나무 시선 08

모래시계

저 자 | 정영애
발행자 | 오혜정
펴낸곳 | 글나무
주 소 | 서울시 은평구 진관2로 12, 912호(메이플카운티2차)
전 화 | 02)2272-6006
등 록 | 1988년 9월 9일(제301-1988-095)

2023년 10월 31일 초판 인쇄 · 발행

ISBN 979-11-87716-90-7 03810

값 13,000원

이 책은 강원 강원특별자치도, 강원문화재단 강원문화재단 후원으로 발간되었습니다.

모래시계

정영애 시집

올해
세례성사를 받은 남편
김창호 시몬에게 마음을 담아.

형편없는 모든 결말들에 대해
발을 끌며 걷는 내 주위의 추한 군중에 대해
공허하고 쓸모없는 남은 생에 대해
나를 얽어매는 그 남은 시간들에 대해
오, 나여!
반복되는 너무 슬픈 질문
이것들 속에서 어떤 의미를 찾을 수 있는가?
오, 나여,
오, 삶이여!
답은 바로 이것
네가 여기에 있다는 것
삶이 존재하고 자신이 존재한다는 것
장엄한 연극은 계속되고
너도 한 편의 시가 될 수 있다는 것

월트 휘트먼의 「오, 나여! 오, 삶이여!」 중에서 대신하는
2023년 가을

차
례

8

2부 우리들의 폐허

차
례

3부 아슬아슬

차
례

1부

눈부신 후회

에스프레소

한 잔의 암호

몰래 하는 키스처럼
깊고 빠르게
어두운 욕망으로 번지는
혀끝의 파멸
한순간 돌아선 너를 찾아 헤매던
막다른 골목 같은

한 모금의 퍼포먼스
한 잔의 어떤 질문
영원히 풀 수 없는 검은 허구

너와집

김 서린 거울 앞에서 옷을 벗는다
누덕누덕 빈 집으로 서 있는 여자 하나
전성기의 젖줄은 몰락하고
마른 껍질로 덮인 너와집 한 채
쓸쓸히 보듬어 보는 육체라는 집
문틈마다 헐거워져 조금씩 흔들리는

미안하다

너를 팔아 남자를 얻고
새끼를 품어 여자가 되었으나
남은 것은 밑진 장사처럼 온몸이 적자다
아무리 생각해도
순한 너를 앞세워 한 생을 망쳤으니
어찌하랴
잇몸이 보이도록 웃었던 날도 있었다만
네 노동에 배만 채웠던 나는 누구인지
지금이라도 시간을 수리할 수 있다면
전셋집이라도 빼서 네게 바치고 싶다

어떤가 몸이여

* 김사인의 「노숙」을 차용함

진해역

철길의 벚꽃이 한꺼번에 피었다가
약속처럼 진다
기차는 앞으로만 달리고
나 혼자 흔들리며 뒤로, 뒤로 간다
마지막 완행열차가 떠난 대합실
몇 번의 봄을 기다리던 여자아이가 이윽고 떠났다
온몸으로 매달리던 창밖의 이별도
느릿느릿 늙어서
잔주름 같은 그리움이 되었다
창틀에 턱을 괸 채
아직도 차창을 두드리며 달려오는
한 소년의 맨발이
흩어져 내리는 벚꽃 잎 사이로 멀어지는 것을
물끄러미 본다
완행열차는 아직도 가슴 속을 달리고 있는데
봄만 남기고 사라진 역
나는 영원히 내리지 못하네

* 진해역 : 2015년 2월 1일 폐역

경포에서

헤어지자!
소주잔을 비우며 내가 말했다
순간 그가 내 뺨을 후려쳤다
툭,
수평선이 끊어졌다

먼 기억 속,
다시 찾은 경포에 앉아
젊은 날에 가라앉은
한 척의 청춘을 건져 올린다
표류하는 그리움은
지금도 시퍼런데
오래전의 그 말은
지독하게 널 사랑한다는
또 다른 말이었다고
저 푸른 잉크 모두 찍어
이제야 너에게 편지를 쓴다

모래시계

나 비로소 시간을 보고 말았네

흐르는 시간이 모래였다는 것을

평생 모래밥을 위해 살아왔다는 것을

그래서 한 사람의 생이 고비라는 것을

시간 속에 손을 넣으면

상처와 후회가 사금파리로 반짝거린다는 것을

수없이 긁힌 시간들 거꾸로 되돌려 보아도

시간은 다시 꽃으로 피지 않고

스윽 당신을 스치고 지나간다는 것을

삼십 년이 3분처럼 흘러간 자리에 서서

시간은 금이라는 말 다시 고쳐 쓰네

시간은 당신 손가락 사이로 빠져나간 모래

어떻게 살아도 시간은 끝내 우리를 버린다는 거

나 비로소 시간의 속을 보고 말았네

위험 표지판

유난히 공사가 많은 연말
운전을 하다 보면
곳곳에
〈돌아가시오〉〈위험〉 등
대놓고 명령하거나 어쩌면 죽을 수도 있다고
불손하게 경고하고 있는 표지판들

지금이라도 어디든 돌아갈 수만 있다면
얼마나 좋게
이미 너무 멀리 와 버려
돌아갈 수가 없어
생의 표지판 한 장 없이 여기까지 온 내게
돌아가라니
연말이 되면 내 안에서도 부실 공사 다시 하느라
너무 위태로운데
언제 무너질지 모르는 금 간 나를 부추기다니
공사가 위험한 게 아니라
그냥 내가 위험 표지판이다

앞차 뒤차 꽉 막힌

도로에 갇혀

혼자 중얼거린 헛소리에

씨익 웃다 옆을 보니

옆 차 운전석 남자가 같이 웃어 준다

겨울 변산에서

바람은 입김처럼 따뜻하다가
어느 순간
이빨 날카로운 짐승으로 포효할 때
당신에게 덥석 목덜미 물리고 싶었다
눈보라 속
더 이상 길을 묻지 않는 눈사람이 되어도 좋았다
수평선 끝에 짐을 풀고
아이를 낳고
눈부시게 하얀 빨래를 널며
바람에 묶인 저 배의 발목처럼
나도 묶이고 싶었다

살아 있는 모든 것을 흔들리게 하는 바다
갈 곳 없는 사람처럼 이곳에 와서
부서지는 서로의 파도를 생각했다
서로의 손을 잡은 채
문득 따뜻한 이별에 대해
아무 말 하지 않는 것으로
우리의 일몰을 지켜보았다

멀리 격렬한 포말이 일고
캄캄한 당신의 등에 기대어 울던 눈발들

나의 변산은 늘 헤어지는 중이다

다방 커피

한 번쯤
양지다방 같은 곳에 앉아
달달한 커피 한 잔 마시고 싶다
아메리카노로 물든
쓸데없는 입맛 잠시 접어 두고
양지바른 곳에 핀 영산홍 같은
다방 아가씨가 날라 준 커피를
두 손으로 감싸들고
오래전의 나를 불러내 보고 싶다

그 사람 아니면 죽을 것 같은 열병으로
날마다 불투명한 약속을 만지작거리던
환절기 같은 연애
늘 먼저 달려가 기다리던 다방
커피는 식어가고
환장하게 지루한 봄날보다
오며 가며 째려보던
레지 아가씨의 진분홍 짧은 치마가
더 아슬아슬해서

안절부절못했던 기다림

살아 보니
사랑은 무슨 말라 비틀어진 개뼈다귀
무릎에 파스 붙이며 구시렁거리고 있는
낡은 여자

가방을 만드는 중이지

사랑 하나로 먹고사는 줄 알았지
결혼은 무덤이라는 말에
흥, 코웃음 치며
무덤 속으로 냉큼 들어갔지
그곳은 무덤이 아니라
뜨거운 전쟁터였지
전진과 후퇴를 반복하며
때로는 휴전도 했지
피 흘리는 서로의 심장을 꺼내
사과처럼 닦아 주며 모처럼 웃지
눈 씻고 봐도
사랑만으로 사는 무덤들은 없는데
왜 자꾸 무덤들이 생기는지
저녁이면
공동묘지 같은 창문에
하나씩 불이 켜질 때
그나마 따뜻하지
끝없이 펼쳐진 황무지에
나를 묻다

불현듯 뒤돌아봤을 때
내가 판 무덤에
내 스스로 갇힌 걸 알지
벗어나고 싶어도
무덤을 담을 만한
큰 여행 가방을 구하지 못해
오늘도 몰래 가방을 만드는 중이지

용건만 간단히

외할머니 환갑을 앞두고
엄마는 멀리 사시는 이모와
전화 통화를 하기로 했다
전화기를 몇 번이나
들었다 놓고 들었다 놓고 하던 엄마는
갑자기 내 공책 한 장을 뜯어
무엇인가 쓰기 시작했다
연필에 침을 묻혀 가며 골똘히 쓰다가
다시 읽어 보곤 생각에 잠기기도 했다
또 몇 줄 쓰다가
지우개로 지우고 고쳐쓰기를 여러 번
급기야 내가 궁금해서 물었다
— 엄마, 편지 써?
— 문디 가시나야, 좀 가만 있그라
내 머리통을 한 대 쥐어박고는
이윽고
빼곡히 쓴 종이를 들고 비장하게 전화기 앞에 앉았다
큰기침을 한 번 하더니 엄숙한 표정으로
묵직한 검은 수화기를 들었다

그리고는 의식을 치르듯 차르륵 차르륵 다이얼을 돌렸다
신호음이 떨어지고 이모가 받았다
— 언니야 내다 언니 니는 듣고만 있그라이
엄마는 종이에 쓴 글을 숨도 제대로 쉬지 않고 빠르게
빠르게 읽어 내려갔다.
다 읽은 후, 가쁜 숨을 몰아쉬더니
— 언니야, 내 말 알았재? 고마 끊는데이.
딸깍.

지금으로부터 50년 전 엄마의 전화는
절대
용건만 간단히

엄마의 남자

　엄마에게 그는 특별한 남자였다 엄마는 그 남자를 잘 다
루었다 엄마의 기분에 따라 임연수라고 불렀다가 이맨수라
고 불렀다가 이민수라고 부르기도 했다 바다를 노래한 어
느 시인의 이름 같기도 했고 더러는 뽕짝을 부르는 삼류가
수의 이름 같기도 했으며 어느 때는 멋진 영화배우 이름 같
기도 했다 어떤 이름으로 불려도 그는 나긋나긋하게 엄마
에게 순종적이었다 엄마의 지극한 손길에 어쩌면 영혼도
맡겼을 터

　가끔 아버지와 다툰 날이면 엄마는 휑하니 이 남자를 만
나러 나갔다 보란 듯이 이 남자를 데리고 와 해당화 피고
지는 섬마을로 시작되는 총각 선생님을 부르며 지지고 튀
기고 구우면서 엄마는 남자를 요리했다 갑자기 손님이 들
이닥칠 때도 이 남자를 대접하면 체면이 서기도 했다 엄마
에게 있어 남자는 시인이고 가수이며 잘생긴 배우였다 하
지만 엄마의 이 비린 사랑도 길지는 못했다 아버지가 세상
을 뜨자 엄마는 칼처럼 이 남자를 버렸다 아버지와 이 남자
를 동시에 사랑했던 엄마 어쩌다 사람 이름을 얻어 망망한
바다에 호적을 둔 임연수 씨

매정하게 돌아선 엄마가 그립지 않나요?

눈이 나리네*

눈이 나리네
먼 기억의 중심에 나를 세워 놓고
샹송처럼 내리네
어깨를 스치고 간 수많은 이름들
낱자로 쏟아져 내리고
쓰다만 일기의 문장들은
내 가장 추운 방에서 해빙을 기다리는데
나는 집요하고도 고요하게
첫 발자국을 생각했다

처음 눈이 내릴 때
겉옷 같은 웃음들만 단단히 뭉쳐
어디론가 던지기도 했지만
기어코 뭉쳐지지 못한 이름 하나
소복이 쌓인 시간의 더께에
어느새 눈사람처럼 뚱뚱해져버린 기억
눈 아닌 것들을 모두 덮어버린
하루만의 생애
굳게 뭉쳐진 나를 흔들며

다시 떠나는 기억들
장대하게 퍼붓는 눈발을 맞으며
나 아득하게 파묻히고 있는데
당신이 가버린 지금
샹송처럼 눈이 나리네

* 프랑스 샹송의 번안 가사

콩나물을 다듬다

신문을 펼치고 콩나물을 다듬다
우연히 신춘문예 당선작 시를 본다

막 새 차를 뽑아
설레는 마음으로 차 문을 열 때처럼
시의 길을 천천히 따라가 본다
낯선 곳을 여행하는 마음이 금세 불편하다
곳곳에 이해할 수 없는 모국어에
길을 잃고
오후는 구겨진다

그들만의 파티처럼 새 차는 반짝거리기만 할 뿐
나를 태워주지 않는다
쓸데없이 앞 유리창을 한 번 닦거나
신차 설명서 같은 심사평을 읽어보기도 하지만
이미 초라해진 나는
어디쯤에서 이 난해한 차를 세울까
두리번거리다
시든 콩나물 사이를 빠져나온다

어느새
당선 소감으로 웃고 있는 얼굴 위에
콩나물 대가리 뚝뚝 떨어진다

나무아미타불

아침 일찍 물이 끊겼다
연못 같던 생각들도
한 순간
몸 밖을 빠져나가고
하루가 밥알처럼 말라붙어
딱딱해져 가는 오전
물이 없는 하루를
나는 마른 걸레로 빈둥거렸다

저녁,
틀어 놓은 수도꼭지에서
막혔던 시간들 쏟아지고
밀린 설거지를 하며
이제야 젖어 들기 시작하는 하루
부엌 가득 쌀 씻는 소리
경전(經典)이다
그동안 얼마나 많은 물을
시간처럼 흘려버리며 살았는지
아니,

얼마나 많은 시간을
물처럼 흘려버리며 살았는지

나무아미타불

원 플러스 원

마트에서 소시지 시식은 쌈빡하다
뭐랄까
따끈한 쌀밥도 당기고
시원한 맥주도 상상이 되는
소시지를 좋아하지 않지만
요 염장 지르는 맛에
가끔 한 번쯤 맛을 본다
오늘은 원 플러스 원
그 꼬드김에 덜컥 장바구니에 담았다
허나 집에 와서 먹으니
왜 그리 짜고 맛없는지

연애할 때
조금씩 맛보던 남자의 마음과 눈빛은
나를 안달 나게 했다
만나고 집으로 오는 길이면
뭐랄까
막차를 놓친 기분 같은 거
밀물과 썰물이 마음을 갯벌로 만드는

그런 맛들이 감질나서
남자와 남편을 묶은
원 플러스 원을 통째로 들였다

졌다

21g

내 영혼의 무게는 담배 한 갑 정도
손끝에서 사라지는
연기보다 가벼운 부재

텅 빈 머리와
요란한 육체 어디쯤
상심한 영혼
꽁초 되어 있는지
가끔 나를 뒤적거려 본다
21g
딱 한 번 내쉬는 한숨의 무게로
불량한 나를 이끌고
여기까지 왔으니
눈금 서너 개 더 지워졌을

어느 순간 내가 멎으면
내 몸을 빠져나갈
담배 한 갑 같은 무게에 얹혀
내가 나인지도 모르면서
또 하루에 불을 당긴다

즐거운 미역국

내가 저것들을 낳고 미역국을 먹었으니
엄마한테 수없이 듣던 말
그럼 된장국 먹지 그랬어!
그때마다 걸레나 밥숟가락이 날아올 때도 있었지만
엄마 마음은 털끝만큼도 헤아리지 못했다

내가 두 아이를 낳을 때마다
엄마는 덩실덩실 미역국을 끓여 주었다
꼬박 한 달 내내
나도 수시로 아이들한테 하는 말
내가 저것들을 낳고 미역국을 먹었으니
웃기는 미역국
후회의 미역국

미역국은 분명 건망증의 유전자를 갖고 있다

아름답고도 우라질!

내가 사랑했던 단어 몇 개
그 앞에 '첫'을 붙이면
갑자기 바뀐 화면처럼
내 생이 무음처리된다
오래전
내가 너를 처음 경험했을 때
그것이 나의 첫 경험이 되었듯
첫사랑
첫발자국
첫날밤
첫 월급
첫아이
·
·
·

'첫'은 처음으로 내게로 와서
곧바로 마지막이 되었다
그렇게 온 몇 개의 '첫'들은
가끔 어두컴컴한 지난 시간들을 불러내

닳고 해진 나를 일으켜 세우기도 하지만
희박해진 기억의 낡은 문 앞에서
덜컹거리는 문짝 같은 것
나를 꼼짝달싹 못 하게 했던
생의 실수 같은 '첫'
맨 처음만 허락하는 부질없는 '첫'

아름답고도 우라질!

사과를 주세요

사과를 주세요
아침 사과는 건강에 좋습니다
그러나
저녁이든 새벽이든
개사과만 아니면 받겠습니다
사과 맛을 아시나요
벌써 입안에 용서가 고이죠
그러나 사과는 침묵 한 덩어리로 덩그러니 매달려
얼굴만 붉히네요
백 년이 넘은 사과는 또 다른 사과를 잉태하여
붉은 주먹처럼 주렁주렁 열리는데
싱싱한 사과 한 알 또옥 따 주실래요?

요리조리 만지작거리며 몇 입 베어 물다
버리진 마세요
분개한 씨앗이 후지게 큰 사과를 맺어
언젠가 당신 머리통을 후려갈길 수도 있거든요

사과를 주세요

사과드립니다

사과가 무거운가요?

바다 건너에서 아직 싣고 있는 중인가요

술 취한 날

나 다시 태어나면 절대 시는 안 쓸 거야
하늘과 바다와 별 따위 쳐다도 안 볼 거야
하늘 바다 별 몽땅 팔아서
얼굴 모두 뜯어고칠 거야
그리고 대가리 텅텅 빈 돈 많은 놈이나
권력 있는 놈들 옆구리에 끼고
기생처럼 한바탕 놀아볼 거야
낯짝만 반반하면 모두 흐물흐물해지는
골 빈 사내들 몇 놈쯤 무릎 꿇리는 거
누워 떡 먹기지
그 쉬운 걸 왜 여태 모르고 살았나 몰라
힘 있는 놈 치마폭에 감추고
그 힘 복사하며 사는 것도 능력이지
착하고 바르게 살면 바보 취급당하는
개 같은 세상에
사람들한테 욕 좀 먹으면 어때?
그거 다 부러워서 그러는 거라고
과거 있는 여자는 용서해도
못생긴 여자는 용서할 수 없다는

웃기는 세상
이제 시 쓴다고 밤늦게까지 앉아
쉰 밥처럼 하품하는 일 따위 안 할 거야
나 다시 태어나면 몇 번이고 세숫대야 갈아엎어
뻔뻔한 마네킹 같은 면상 튕기면서
겁대가리 없이 살아볼 거야

이모, 여기 처음처럼 한 병 추가요
딸꾹

나 때문에

기와집 지붕 위에
나지막하게 걸린
환한 보름달
조심
조심 가져와
눈 한 번 맞추고
다시 걸었는데
어느새
때가 묻어
하늘이 어둡다

문득 속초

여기 속초야! 라고 말하면
멀리 있는 당신 발등에도
푸른 바닷물이 스며들 것 같은
속초라는 문장

우리는
오랫동안 쓰지 않은 편지
당신의 안부가
해무처럼 아득할 때
수평선을 밟고
거짓말처럼 나를 향해 걸어오는
당신

여기 속초야!

아베 마리아

꽃들을 잃고 나는 쓰네
반성하라 아랫도리 역사를 외면하는 아베여
무궁화꽃 짓밟던 일본의 군화들아
아무것도 모르던 조선의 소녀들 끌고 가서
공포에 몸을 떨던 꽃잎들 짓뭉개고
망설임도 없이 쏟아 내던 더러운 배설물들
반성하라, 결코 너희 것이 아니었던 우리의 누이들께
아베 말이야,
사과는커녕 진실의 문을 잠그네
가엾은 조선의 소녀들

오! 아베 마리아

* 기형도의 「빈집」 패러디함

52

마흔아홉, 안부를 묻다

그대 너무 늦었다
나는 이미 돌아섰고
그대를 향해 쓰고 지우고
또 썼던 그리움들이
낱낱이 흩어져
더 이상 읽을 수 없을 때
잘못 온 편지처럼
그대 문득 날아들었다
긴 기다림으로 꺾인 목에
송이송이 그대 피어나지만
내 그리움 한낱 햇살에 녹는 잔설보다
덧없으니
그대, 부디 내 안부는 묻지 마라

2부

우리들의 폐허

흔해 빠진 이혼

서로를 향해
겨누었던 총을 버린다
사랑이라고 포장되었던
위선의 총구를 내려놓자
살벌하게 장전했던 눈빛들이
그렁그렁 쏟아진다
모순을 뚫지 못한
창과 방패도 망설임 없이 던진다
아주 멀리
아군도 적군도 아닌
긴 전쟁에서 지쳐 돌아온 패잔병 둘이
서로의 상처를 절반씩 나누며
비로소 종전을 선언한다
한 남자와 한 여자를 묶어 놓은 투명 사슬
툭 끊어진다

후회 안녕!

퇴행성 관절염

드디어 떠돌이별 하나 무릎에 품고
나 절룩거리며 가네

퇴행성이라는 말
어쩐지 기분 나쁘네
하늘의 어느 별 이름 같은
천왕성이나 해왕성 같은
태행성으로 부르고 싶네

내게서 까마득히 떨어져 있던 별 하나
반세기를 걸어 내 무릎에 당도한
눈물겨운 행성이네
나도 반세기를 걸어
답장처럼 만난 별이었네
가난하게 부은 무릎 속에
닳고 닳은 빛 잃은 별 하나로 앉혀 주고 싶네

앉았다 일어나는 밤하늘에서
아프게 부스러지는 별빛들

그래도 퇴행성이라는 말

기분 나빠

태행성이라는 우주별로 안고 걸어가네

뚜껑론

너의 뚜껑으로 산다는 거
단 한 번도
나를 담을 수 없다는 거

네가 막무가내로 흔들려
쏟아지려 할 때
재빨리 일으켜 바른길로 한없이
잠가 주는 거
먹다 남은 참치캔처럼
네가 말라갈 때
울먹이는 눈빛으로나마
너를 안아 주는 거
김치찌개처럼 끓어오른 네가
나를 바닥에 내동댕이쳐도
아무렇지 않게 다시 너를 닫아 주는 거

너의 뚜껑으로 산다는 거
나는 한 번도 그 무엇을 담을 수 없다는 거
그러나 그 모든 것과 한통속이 되어

골 빈 여자처럼
끝까지 같이 가야 한다는 거

눈물을 주세요

약국에서 인공눈물 한 상자를 샀다
아무도 모르게
염전처럼 말라간 시간들
너를 사랑하고
너를 배반한 것도 눈물이었다
그나마 내 생의 건기를 견딜 수 있었던 것은
수평선 같은 한 줄 그리움이었는데
언제부터인가 그리움도 흐릿해져
물기 잃은 두 눈에서 너는 더 아득해졌다

거짓 눈물을 내 몸에 붓고서라도
너를 사랑할 때처럼
아니 너를 버릴 때처럼 주룩주룩 울고 싶다
눈물의 꼭지를 비틀어
울음을 참듯 고개를 젖히고
뻔뻔한 두 눈에 슬픔 몇 방울 넣는다
그렁그렁 뺨을 타고 흐르는
생의 속임수

눈물을 주세요

우리들의 폐허

나는 해 지는 쪽으로 가고
너는 해 뜨는 쪽으로 갈 때
스치듯 지나친 어깨와 어깨 사이
잠깐 우주가 멈추고
네 눈의 별 하나 내 눈 속으로 뛰어들어
우레로 흔들리는 마음의 지평선
눈멀어도 좋을 저런 눈빛에 허물어져
언젠가 나 폐허 되었던 적 있었지
끌리듯 돌아보니
이미 물음표로 서 있는 너

전생에 나를 밟고 떠난 너였나
죽이고 싶을 만큼 사랑하게 될 후생의 너일까
닿을락 말락 내게 묻는 너의 먼 눈빛
처음이면서 낯익은 백 년 전의 조우처럼
나는 해 지는 쪽으로 가고
너는 해 뜨는 쪽으로 갈 때
서로의 눈빛 하나씩 품고 멀어져 가는 등

언젠가 우리 한 번 만난 적 있었던 것 같은

페도라

우리는 체면을 지켜야 해요
나는 나의 모자가 체면이죠
불쑥 당신들이 지나갈 때면
얼른 체면을 머리에 얹죠
어수룩한 나는
결국 당신들 밖의 체면이 되죠
어디선가 소리 없는 웃음들이
모자를 흔들죠

눈을 내리깔고
손끝으로 챙을 당겨 내리면
나는 생각하는 여자의 모습이 되죠
치명적인 위장이죠
당신들의 체면이 낡아갈수록
나는 점점 도도해지죠
그러나 모자를 벗으면
우리라는 말속에 나는 없죠
완고한 괄호 밖에서 늘 모자를 그리워하죠
모처럼 모자를 쓴 날이면

아무것도 아닌 나를 모자가 위로하죠
내가 모자를 모시고 사는 이유죠
가끔 모자 속에 들어가 있으면
하품이 나요
오늘은 모자를 입고 잘까 봐요

그냥, 아메리카노

카페로 들어온 젊은 여자
한참 메뉴판을 들여다본다
오늘 드립은 뭐예요?
에스프레소는 원샷이에요? 투샷이에요?
카페모카에 생크림 올라가요?

....

....

한참을 망설이다
그냥, 아메리카노 한 잔 주세요

젊은 시절
무수히 많은 메뉴판 같은 길을 놓고
갈팡질팡했다
마셔보지 못한 커피의 이름처럼
내가 가야 할 길의 맛이 궁금해
이것저것 기웃거리다
결국
뜨겁고 양도 많으면서 오래 마시는 잔을 골랐다
아직도 마시고 있는

다 식은 아메리카노

결혼!

얼갈이

시장에서 얼갈이 한 단을 샀다
얼갈이를 보면
품 하나 모자란 이름이 어수룩해서
안쓰럽다
겨우 배추를 닮아 이름만 빌려 왔으니
배추 바깥에서 얼갈이는 헐렁해서 착하다

아버지는 나를 추울 때 심었다
세상 밖으로 나왔을 때, 1월이었다
나는 얼간이처럼 울었다
단단하지 못했고 끝끝내 배추가 되지 못해
한평생 속이 허술한 얼갈이로 살았다
배추밭 언저리에서
간신히 이름 하나 얻어
용케 여기까지 왔다
집으로 오는 내내
얼갈이가 얼갈이를 들고
겉절이처럼 순하게 웃으며

꽃다발

객지에 사는 아들
몇 달 만에 집에 와
밤새 친구와 술 마시고
아침에 내려갔다

울화 한 다발 던져두고

그 옷을 생각하며

살은 안 빠지고 나는 옷만 바꾸었다
그 옷의 솔기에는 빼라 빼라 살 빼라는 말이
헛소리처럼 아직도 55 사이즈를 지키고 있을 것이다

나는 모든 살은 그 옷이 작기 때문이라고 변명했다
그렇듯 이제 나의 살은 이유 없이 찌고 있다
그 옷의 자존심은 나의 허영이고 사치일까
먹지 마 먹지 마 먹지 마라는 말이
잔소리처럼 아직도 나의 뱃살을 흔들고 있지만
나는 그 옷도 그전의 옷도 다 내다 버리고 말았다

다이어트는 안되고 나는 옷만 바꾸어 버렸다
나는 이제 빠지지 않는 살과 뼈와 몸무게
다이어트의 열망을 인생 지표로 삼을 줄 안다
저 날씬함이 혹시 뻥일지도 모르지만
이 열망을 나는 내 삶의 목표로 삼았다

살은 안 빠지고 나는 옷만 바꾸었지만
나의 입속에는 다시 굶주릴 시간 대신에

달콤한 케익의 유혹만 되살아났지만

옷을 잃고 애인을 잃고 밥맛을 잃고
가벼움을 잃고 희망마저 잃어도

이제 나는 무엇인지 모르게 포기하고
나의 몸은 생각 없이 야윈 시대를 따라간다

*김수영의 「그 방을 생각하며」를 패러디

택시! 택시!

새벽에 급한 일로 카카오 택시를 불렀다
차량 번호와 노선, 6분 후 도착이라는 알림이 왔다
새벽 텅 빈 길 위에서
섬뜩한 한기를 느낀다
내가 이 시간 이 위치에 서 있는 것을
알고 찾아오는 이 편리한 두려움
택시! 택시!
를 외치며 손바닥 하나로 택시 한 대
거뜬히 세우던 힘
술 취해서 혀 꼬부라진 채
온몸을 던져 택시를 잡던
영등포는 지금쯤 어떻게 변했을까
광화문 만 원!
을지로 만 원!
서로 자신이 먼저 세웠다고 목청 높이던 낭만들
우리는 지금 어디로 가고 있는지
새벽바람에 외투 깃을 여밀 때
〈예약〉
이라는 불빛을 달고 카카오 택시가 앞에 섰다

빌어먹을, 내 행선지도 이미 알고 있으니 말이 필요 없다
가슴 속에선 여전히
택시! 택시!
그 옛날로 갑시다

Yesterday

내가 이 세상 모든 것들과
이별하는 순간이 오면
아들아
부탁이 있다
한 번도 입어 보지 않은
낯선 삼베 수의 말고
평소 즐겨 입던
찢어진 청바지와
검은 쫄티
빨간 킬힐을 신겨 주렴
그리고 좋아하는 생맥주 한 잔과
몰래 피우던 담배 한 갑
라이터와 함께 뒷주머니에 찔러 다오
거기에 시집 한 권과
비틀즈의 예스터데이까지 들려준다면
더 바랄 게 없다
결코 나를 위해 울지 마라
충분히 너를 사랑했으므로
그날 하루만 나를 추억하며

후회를 위해 후회하지 마라
생과 멸까지 유쾌하게 껴안고 가는 나에게
술잔 높이 들고 축하해 주렴

이런, 쓸데없이

지금 막 샤워를 끝냈어요
물기를 닦고 있죠
나를 크로키 해 보실래요
단순한 목각 인형 같아 보여도
상당히 복잡하고 난해한 시간들을 품고 있죠
내 늑골 어디쯤 햇살이 닿으면
먹빛 시간들 후두둑 빗소리를 낼 거에요
눈을 감으세요
소나기처럼 갑자기 눈물이 쏟아질 수도 있어요
슬픔일까요
환한 대낮에도 결코 빛이 닿지 않는 곳
안에서 잠긴 문처럼
좀체 들어갈 수 없는 거기엔
자라지 않은 내가 있어요
너무 멀어 나조차도 길을 잃는 거긴
그냥 두기로 해요
이제 모든 생각의 물기만 닦으면
난 사라져요
이런, 쓸데없이
다시 옷을 입어야겠어요

세신사에서

오늘은 작은 암자 같은 이 절에 든다
스님 없는 이 절은
보살이 절이고
절이 보살이다
무명의 가사 한 벌 없는 절에
세상의 묵은 때 두껍게 입은 나를
온전히 맡긴다
가진 것 없는 태초에 빈 몸이었으니
부끄러움조차 거추장스러운 옷
훌훌 알몸으로 절에 든다
낡아가는 육체를 잊고
법문을 외우듯 졸다 깨다
깨다 졸다 보니
절 한 채 다 타들어 간
보잘것없는 몸뚱이에 동백꽃 피었으니
잠시 합장하고 싶은 마음 누르고
때 민 돈 세신사에 봉양하고 나온다

등을 위하여

내가 태어나는 순간
등을 돌린 등

나는 화해하지 않았다
등 모르게 나는 키득거렸고 남자에게 기댔다
티셔츠 한 장 살 때도 가슴에 맞추었다
첫눈을 맞으며 설렐 때도
어깨를 들썩이며 울음을 삼킬 때도
등은 안중에 없었다
나도 등에게 등 돌리고 살았다

한 생을 병상에 부려 놓고
누운 아버지
가벼운 아버지를 끝까지 받들고 있는 것은
서로가 한 번도 본 적 없는 컴컴한 등
욕창으로 짓무르면서도 아버지를 모시는 등
툭툭, 불거진 야윈 바닥을 읽어 가다
남루한 생을 짊어진 나의 등을 생각한다
서로 볼 수 없는 숙명으로

나를 다독이며
묵묵히 뒤에서 같이 걸어왔을 등

처음으로
등에 어울리는 옷 한 벌 사 입혀야겠다

첫 경험

비로소 오늘 첫 경험을 했네
친정 엄마가 입이 마르도록 설명해 줘도
도무지 이해할 수 없었는데

저물어 가는 하루
알 수 없는 그리움이 번지는
저녁 근처
하루를 품은 해가
절정으로 눈부셔
창문 커튼을 내리다
나도 모르게 터져 버린 재채기
순간 하얀 레이스 팬티에
뭉클 쏟아진 노을
세상에,
노을과 관계한 이 새로운 경험이라니
요실금!
나의 첫 경험은 대부분 허리 아래
나의 거기로부터 시작되니

재방송을 보며

지난봄 방송했던 저 목련꽃
멜로드라마처럼
억지로 슬픔을 남발하다
벚꽃들의 항의로 종영을 앞당기고
결국 주인공들은 추락했다

봄을 인기리에 재방송하는 계절
숨 막히게 등장한 벚꽃들
완전한 분홍을 연기하며
막장 드라마처럼
아침부터 밤까지 봄 앞으로 모이게 하더니
지리멸렬한 내용으로 서서히 시청률 떨어지고
이별은 끝내 자막 처리하듯
진부하게 꽃비로 막을 내렸다
매년 재방송되는 봄은
거기서 거기

이젠 봄을 끌까 봐

술

내가 그의 이름을 불러 주기 전에는
그는 다만
하나의 알코올에 지나지 않았다

내가 그의 이름을 불러 주었을 때
그는 나에게로 와서
술이 되었다

내가 그의 이름을 불러 준 것처럼
나의 이 오만과 위선에 알맞은
누가 나의 이름을 불러 다오
그에게로 가서 나도
그의 술이 되고 싶다

우리들은 모두
무엇이 되고 싶다
너는 나에게 나는 너에게
마음을 터놓고 싶은 한잔의 울음이 되고 싶다

* 김춘수의 「꽃」을 패러디함

돈세탁

새해 아침
할머니께 받은 딸아이의 세뱃돈
저금해 준다고
살살 어르고 꼬드겨 달콤하게 빼앗았다
쯧쯧 혀를 차는
사임당의 눈빛을 애써 외면하며
꼭꼭 접어
청바지 뒷주머니에 넣고 다니다
깜빡하고 세탁기로 돌렸다
빳빳하게 마른 청바지를 입는데
오만 원권 한 장
호주머니 속 접힌 채 그대로다
섬유 린스 피죤의 향기까지 뿜으며
새 돈으로 세탁되었으니

이제 이 돈은 내 거다

적요

재개발 동네 언덕을 오르면
마주 오는 사람과 스며들어야
길이 되는 골목 끝에
눈먼 아담과 귀 먼 이브가 사는 집이 있다
몇 장 고지서가 편지처럼 꽂혀 있는
녹슨 철문 앞에 서서 초인종을 누른다
골목이 조용하다
다시 누른다
대문을 두드린다
뛰어가던 아이 몇이 나를 돌아본다
더 세게 두드린다
귀 먼 어머니 혼자 두고
안면 마비가 온 아버지는
더듬더듬 한의원에 가신 모양이다
휴대폰을 꺼냈다
희미하게 울리는 전화 소리를 읽으셨는지
수화기를 받으신다
— 엄마, 문 좀 열어 주세요.
— 여보세요, 누구십니꺼?

— 엄마, 나예요 큰딸

— 우리 집 양반 안 계십니더.

— 엄마, 엄마, 엄마…

— 집에 아무도 안계십니더

딸깍,

녹색 칠이 벗겨진 철문 옆에 쪼그리고 앉았다

낡은 철문 틈 사이로 보이는

손바닥만 한 마루 끝

읽다만 성경책 몇 장 바람결에 넘어가고

빨랫줄엔 오래도록 수건만 말라가는데

경자년이 왔다

내 친구 동생 경자
착한 언니와 달리 어려서부터
소문난 꼴통이었다
성질은 또 얼마나 사나운지
쳐다만 봐도 시비 걸고
손끝만 닿아도 침 뱉고 할퀴고 해서
우리는 몰래 경자년이라고 불렀다
경자만 나타나면 모두 입을 다물었다
남자아이들도 슬금슬금 경자를 피했다
글도 모르면서 욕은 또 얼마나 잘하는지
툭하면 지각 결석에다
아이들 돈이나 물건 훔치고
선생님들한테도 대들어
경자 엄마는 하루가 멀다하고 학교에 불려 갔었다

오랜 시간이 흐른 뒤
버스 안내양이 되었다는 소문도 있었고
가발 공장에서 일한다는 소문도 있었고
어느 항구 술집에서 보았다는 소문도 있었지만

한 번도 경자를 만난 적이 없었는데
드디어 올해 경자년이 왔다
코로나를 몰고

당분간
집 밖으로 나가지 말아야겠다

* 2020년은 코로나가 창궐하던 경자년 해다.

지명수배

모습을 보이진 않지만
오늘도 그가 와 있다
괜찮아,
모르는 척
머리칼을 쓸어 넘기며
코트 깃을 세우고 걷는다

어느 날은 부드럽게
어느 날은 사정없이 거칠게
또 어느 날은 짐승처럼 난폭하게
내 주변을 맴도는 그
그에 대해 아는 것이라곤 이름뿐
어떤 이는 그의 이름 속으로 걸어 들어가
파멸에 이르기도 하지
그물에도 걸리지 않는다는 그
사는 곳도 모르고
이름만으로도
매번 나를 뒤흔드니
이제 그를 지명수배한다

바람을

화류계도 지금

늘 요염하게 웃으며
손님 맞이하는 건 화류계 숙명이다
미모를 뽐내며
치열한 암투가 벌어지는 것 또한 이 바닥
그래도 저마다의 숨은 이야기가 있다

짝사랑으로 노랗게 가슴 앓는 것
죽도록 사랑한다고 화끈하게 고백하는 것
나를 잊지 말라며 은근하게 속삭이는 것
언제나 천진난만하고 순진한 것
도도하게 제 몸값을 올리는 기특한 것
운명처럼 죽음의 향기 피우는 것
꽃의 이름으로 약속한 말들이 꽃말로 피어난다

한 여자를 향한 남자의 짝사랑은
한결같이 노란 튤립이다
빨간 장미 한 다발 안고 나간 청년의 고백은
시들지 않았을까
파란 수국 모종을 들고 간 여자의 결심은

바뀌지 않을 것이다
카네이션 고르며 환하던 긴 머리 아가씨가
어제는 흰 국화를 모두 데리고 갔다

기쁨과 슬픔도 요즘은 모두 무료 꽃 배달 서비스다
평생 꽃집을 하던 내 친구 꽃말은 화류계 대모
곧 문을 닫는다는

안녕! 플라스틱 하루

플라스틱으로 이를 닦고
플라스틱 아침을 먹으며
플라스틱 옷을 입고
플라스틱 커피잔을 들고 출근한다

플라스틱 속에서 일하며
플라스틱 대화를 주고받다가
플라스틱 음식을 포장해서
플라스틱 집으로 온다
플라스틱 침대에서
플라토닉 러브를 꿈꾸지만
플라스틱으로 굳은 몸과 마음
플라스틱 절정을 나눌 뿐이다
플라스틱으로 만든 아기가 곧 태어나
플라스틱 우유로 자랄 것이다

안녕! 플라스틱 지구본

힘센 작업복

오늘도
훌훌 벗고
팬티와 브래지어로 갈아입는다
젖가슴이 보이고
배꼽도 보이고
사타구니가 보이는
나뭇잎 두 장 같은

그러나
속옷은 절대 아닌
아들딸 대학까지 공부시킨
힘센 작업복

세상의 모든 작업복은 힘이 세다

3부

이슬이슬

권태

총알 없는
권총 한 자루 같은
일상들
하루
한 달
일 년
.

.

.

시바
이렇게는 못 살겠어
넌 괜찮아?
녹슨 일상 몇 개 장전하여
나를 향해 쏜다
탕!
탕!
탕!

9시 뉴스

검은 비닐봉지를 풀자
온통 푸른 곰팡이로 덮인 귤 몇 개
완벽하게 썩어 물컹하게 고여 있다

어느 모임에서
누군가 쥐어 준 귤 봉지
부엌 한쪽에 두고
하루 이틀… 일주일
어느덧 검은 봉지는
가구처럼 늘 거기 있었고
보이면서도 보이지 않는 후회처럼
까마득히 잊혀져 갔다

귤빛 생애에도 긴 편지를 쓰던 시간 있었겠지
흰 꽃 피우며 둥근 희망 밀어 올리던 절정도 있었겠지
왁자했던 우리 모임의 웃음소리도
온몸으로 기억했겠지
뭉그러져 다시 물로 돌아가는 순간까지
둥근 몸 지키려고 기도도 했겠지

햇빛 한 점 들어오지 않는 지하 단칸방
밀린 고지서와 빈 약봉지들이 흩어져 있는
발견 당시 무관심으로 완성된
이웃 할아버지의 마지막 페이지

9시 뉴스가 끝나가고 있었다

새우깡

우리 깡으로 뭉쳤다
고래들이 싸울 때마다
우리의 등만 터지고
고래들은 멀쩡했다
그래서 터지고 굽은 등끼리
한 봉지씩 깡으로 빵빵하게 모였다
힘없는 우리를 심심풀이로 건드리면
바삭바삭 있는 힘을 다해 부스러질지언정
새우의 넋만은 깡다구로 지켜내다
작은 것들이 뭉쳤을 때
비로소 힘이 세진다는 것을 알았다
몸을 버리고 깡으로 거듭나보니
하,
덩치 큰 고래가 우습게 보였다
고래는 겨우 밥일 뿐
일찌감치 우리는 깡으로 버텨 냈으니

넥타이

거울 앞에서
생각을 묶고
은행대출금을 묶고
어린 아들의 옹알이 몇 개 묶고
가고 싶은 길도 풀리지 않게 묶고
텅 빈
모가지도 묶는다

허우대 멀쩡한 사내
날마다 하루의 목을 단단히 매며
빳빳한 제 목은 집에 두고
줄무늬 넥타이 혼자
출근을 한다

아슬아슬

주차를 하고 막 내리려는 순간
발 아래
콘크리트 틈 사이 피어 있는
한 송이 민들레
내 신발 밑바닥이 청천벽력인지도 모른 채
검은 구두를 향해 온몸으로 웃고 있다
급한 나머지
한쪽 발을 든 채 비틀거리다
간신히 민들레를 피해 섰다
많은 사람들이 주차를 하는 이곳
수없이 내리고 타는 발들 속에
지금까지 용케도 살아 있는 풀꽃
아슬아슬은 위태로움이 아니라
소름 끼치도록 고요한 찰나의 평화로움
나도 아슬아슬을 끌고 여기까지 왔다
돌아보니 나 여전히 아슬아슬하다

DANGER

길을 가다
DANGER라고 쓴 잠바를 입은 남자의 등을 보았어
순간 '단 거'라고 읽고 말았어
저 남자 정말 달콤할까
빠른 걸음으로 그 남자를 앞질러 슬쩍 돌아 보았어
쇼트커트에 이어폰을 낀 채 통화를 하는
젊은 여자였어
빨간색 자수로 수놓은 위험이 잘 어울리는 여자
그때 알았어
그녀도 위험을 단 거로 생각했다는 거
위험은 필기체로 써야 한다는 거
위험도 가까이서 보면 웃을 수 있다는 거
그녀가 횡단보도를 건너자 위험은 멀어지고
나는
햇빛 쏟아지는 거리에 서서 DANGER를 우물거리며
저 멀리 흔들리는
플래카드 속의 무지개*를 보았어

* 퀴어의 상징

회복

회복은 다시 입는 옷
이 옷을 입기 위해서는
한 번쯤 몸의 바깥으로 나가 봐야 한다
참을 수 없는 통증의 막판까지 내려가
내가 모르는 나를 들여다보는 일
어느새 사람을 벗고 환자복으로 누운 병상
신음마저 그렁그렁할 때
당신의 위로는 잠깐 피어났다 시드는 꽃잎
꽃잎을 물고 내뱉는 기도는 절실한 거짓말

몇 번의 아침이 회진을 돌던 어느 날
잠든 통증을 환자복 속에 벗어 놓고
비로소 병원 유리문을 밀고 나오면
성당을 지나 여느 때의 출근길 같은 거리
환자에서 사람으로 건너가는 회복을 입고
돌아보니 절망으로 환하다

수없이 삼킨 알약으로 만든 옷
한 방울 한 방울 링거의 눈물로 지은 옷

살을 벼리는 아픔의 무늬로 짠 옷
몸 밖에서 몸 안으로 돌아오는 순한 시간을 위해
어쩌면 신이 마련해 놓은 옷
무엇보다 옷장엔 없지만
다시 돌아온 옷

회복!

초습 혹은 표절

파리는 하나의 걸작이다

에펠탑의 당당과 승리의 개선문
노트르담대성당이 성모 마리아가 되고
무엇을 팔아도 낭만이 되는 몽마르뜨
유리 피라미드가 더 프랑스적인 루브르 박물관
파리 뒷골목의 라 트라비아타까지도
예술이 되는 도시
파리는 도시가 아니라 세계라고 말하는 그들
그 자부심의 이름을 아무렇지도 않게
팽!
달고 날아다니는 파리라는 잡것
파리지엥 파리지엥하며
오늘도 밥상 위를 날아다니면서
파리의 자존심 더럽힌 죄 아는지
최대한 예의 바르게
두 손 먼저 싹싹 빈다

내가 한 번도 잡지 못하는

아니 내게 한 번도 잡히지 않는
저 잡것이야말로 잽싼 졸작이다

웃어라! 추석

보름달 유난히 밝은
추석날 저녁
시내는 차들이 막히고
거리는 사람들로 붐빈다
횡단보도 앞
신호가 바뀌기를 기다리며
우연히 바라본 맥도널드 2층
장난감을 가지고 노는 아이들과
젊은 남녀들의 웃는 모습이
네온사인으로 반짝거리는데
통유리 구석진 창가
백발의 노인 혼자 구부정하게 앉아
햄버거를 잡수시고 계신다
곧 다가올 내 모습을
보름달처럼 환하게
미리 보았다

과묵한 봉투

검은 속을 감추기 위해 눈부신 흰색을 고집하죠
생 똥 냄새가 날 때는 코 대신 눈을 질끈 감죠
애달픈 연애편지처럼 아무도 모르게
숨기면서 주고받는 것이 예의죠
굳이 묵직할 필요는 없어요
편지지 한 장 무게로도 봉투의 가슴은
벌렁거릴 수 있으니까요
가끔 배달 사고가 나기도 하죠
서로 도우며 사는 일은 아름답죠

봉투의 입을 여는 순간
거짓말이 바퀴벌레처럼 기어 나오죠
누군지 모릅니다
받은 적 없습니다
일면식도 없습니다
일단 정해진 순서에 따라
모르쇠로 밀고 나가는 게 불문율이죠
봉투가 씨익 웃죠

장사 한 두 번 하냐?

밍크코트 따뜻하세요?

당신이 입고 있는 밍크코트
아기 밍크들의 울음으로 만든 멋진 코트

당신의 허영을 위해
산 채로 가죽이 벗기울 때
피비린내 나는 몸부림은 고급 상표가 되죠
잔혹함을 감추는 유일한 위장은 화려함
긴 밍크코트 한 벌을 위해
아기 밍크 200여 마리를
산 채로 때려죽인다는 사실은
비밀에 부치죠
돈과 욕망도 함께 손을 잡죠

저기
어린 밍크 200마리의 절규를 몸에 감고
한 여자 함박 웃으며 백화점에서 나오네요
밍크코트 따뜻하세요?

모기에게

망설임 없이 끝낸다는 것
일말의 후회도 없이 없애버린다는 것
목표물이 되었다는 것
한순간 내 옆을 얼쩡거렸던 현장 검증
긁적인 후에야 내 피가 네 몸속으로 붉게 수혈되었다는 것
그래서 너도 B형이라는 것

한 끼 밥을 얻기 위해
나도 아슬아슬 허공에 모가지 걸어 놓을 때가 있었다
살기 위해 먹는 밥 때문에 목숨을 담보하는 일
우린 다 그렇게 살아간다
피를 봐야 끝나는 관계
우리의 거래는 일방적이다
한 번의 박수가 합장이 되어
고요해진 순간
우리의 관계는 끝났다

저출산은

기찻길 옆
오두막집이
모두
사라졌기 때문이다

성지순례 1

일요일 오후,
미사가 끝난 성당 건너편
한 여자가 상대도 없이 싸우고 있다
하느님께 대들듯
저 혼자
허공에 삿대질을 하며
눈을 흘긴다
간혹 뒤돌아보며 욕설도 내뱉는다
지나가던 사람들 멈춰 서서
모두 혀를 찼다
쯧쯧, 어쩌다가 저렇게 됐는지…

누구라도 저런 길 하나쯤
다 늑골 속에 묻고 살지 않을까
저 여자,
미친 것이 아니다
모래사막이 된 가슴 속에 회오리바람이 불어
지금 길을 잃어버린 것이다
하느님.
저 여자를 버리지 말아 주세요

성지순례 2

점점
가게 운영하는 것이 힘에 부쳐
어느 날
'아, 정리해 버릴까'
혼잣말로 중얼거렸는데
옆에서 그림 그리던 일곱 살 딸아이가
그 순한 눈동자로 나를 빤히 보더니
"그럼, 우리 뭐 먹고 살아?" 한다
하느님
이 어린 것이 무얼 안다고
이런 처절한 말을 하는지요?
티 하나 없이 순결한 마리아 닮은 딸이
언제 이런 큰 십자가를 지고 있었는지
먹고 살기 위해 살지 않도록
딸을 위해
한 말씀만 하소서
제 영혼이 곧 나으리다*

* 가톨릭 미사 성체성사에 올리는 기도

변산 바람꽃

너는
덧없는 사랑에
한 생을 탕진한
내 눈물 한 송이다

눈부신 후회
잠깐 꽃으로 피어나
온몸으로
눈 덮인 설산 달래는
봄 눈썹 아래 매달린 눈물
죄 지듯
또다시 누군가에게
마음 빼앗길 것 같아
서둘러 스러지는

복수초

너란 꽃
센 이름답게 독하구나
혹독한 추위 속
언 땅 뚫고 생을 피우니
뜬금없이 눈은 내려
그 눈발들 향해
너 얼마나 칼을 갈았을까
그래 눈을 눈물로 녹이며 복수하라
사는 것은 어쩌면 터무니없는 것
삶이 얼마나 아슬아슬하면
한 송이 눈도 감당하기 힘든 네게
가당찮은 희망 짊어지게 했는지
복과 장수는 개나 물고 가라 해라
복은 천지 분간 못해
죄 많은 사람들한테 더 쌓이고
장수는 하늘에 달렸다
눈 시리도록 독하게 웃는
너란 꽃
하마터면 네 이름에 걸려
넘어질 뻔했다

감자의 힘

주먹만 한 궁리를 쪼갠다
도시 생각하지 말고
강원도만 키우라며
약속하듯
다독다독 땅속에 묻는다

쏟아져 내린 별들이
감자꽃으로 하얗게 피는 산비탈
흙의 이마에 속삭이는 꽃말
골똘한 생각들을 키우는 뿌리
당신을 따르겠다는 맹세를 캐자
주먹만 한 약속들이
주렁주렁 강원도를 끌고 나온다

감자는 힘이 세다

아버지의 길

한 번 갔던 길을 단숨에 다시 찾지 못하는 아버지는
매번 어머니에게 타박을 들었다
큰 건물의 간판이나 파출소, 약국, 금은방 등을 외우며
혼자만의 표시를 해두어야
점자를 더듬거리듯 아득히 찾아갔다
초행길만 들어서면
몇 번이고 되돌아 나오고 엇갈리고 비껴가는 통에
식구들은 늘 배가 고팠다
모퉁이마다 눈에 힘을 주며 길을 잃지 않으리라
불콰하게 큰소리쳤지만
파출소와 약국과 금은방 등은 아버지를 술래로 세워 놓고
자주 깜깜했다
소나기가 물뿌리개처럼 희망을 젖게 하거나
바람이 허공에 걸어 놓은 지도를 흔들어 버리면
아버지는 타고난 길치를 원망하며 술잔처럼 취했다
한 생을 미로에서 헤맨 후에야
길눈은 밝아져
표시 따위 하지 않고 늠름히 떠나셨다
혼자 걸어가는 마지막 길이 낯설어 하마터면

또 길을 잃어버리기도 하겠지만
아버지의 발자국이 끝나는 곳에서
시간은 인감도장처럼 붉게 아버지를 찍었고
굽은 등에 쌓인 세월의 짐들 내려 드리며
우리들은
말없이 맑은 소주 한 잔에 눈물 담아 올렸다

말복

오랜만에 전화한 친구
서로 안부를 묻다
내일이 말복인데
막국수나 한 그릇 하자
약속했다

그날 새벽,
심장마비로 세상을 떠난 친구
얀마.
막국수 사주기 싫어 갔냐
그렇다고 고개 끄덕이며
환히 웃고 있는
영정 속 친구

적당히

친정아버지가 돌아가셨다
조문객들은 일회용 슬픔으로
공손히 절을 하고 봉투를 내밀었다
자식들 길게 고생시키지 않고
아흔 넘게 사셨으니
적당히 잘 돌아가셨다며
죽은 아버지를 칭찬했다
장례식 내내 그 '적당히'라는 말이
검은 상복이 되어 겉돌았다

음식에 넣는 소금처럼
짜지도 싱겁지도 않은 '적당히'의
단위는 얼마나 야비하고 불량한 저울인가
계량할 수 없는 책임을 떠안기며
무책임을 눈감아 주는 암묵적인 눈금
생각해 보니
나 역시 '적당히'와 야합해서
한 생을 적당히 살아가고 있었으니

조리와 부조리 사이

아시아에서 음식을 조리하며
아프리카의 굶주림을 본다

둥글게 둘러앉아 갈비탕을 먹는다
아프리카 아이의 힘 없는 눈이
티브이 밖으로 나와 갈비탕을 들여다본다
우리가 먹고 버린 뼈보다
더 앙상한 손이 빈 뼈에 닿는다
식욕을 끓이고
웃음을 무치며
왁자한 재료를 넣고
음식을 조리했던 나의 시간은
부조리였을까

축 늘어진 아이에게
빈 젖을 물리는
아프리카 여인의 메마른 가슴
빈곤은 포르노일까
지구 건너편에서 밥 먹듯 굶고 있는

검은 대륙을 믿으며 숟가락을 놓는다

조리가 부조리로 식어가는 중이다

양과 말

순한 양이란 말은 낭설이죠
거칠고 방향 감각이 없어 자주 길을 잃었죠
그래도 해가 지면 집을 향하도록 길들였죠
그제야 뿔을 버리고 순해졌죠

나의 애마 로시난테도 늘 동분서주하죠
가장 빠르고 오래 잘 달리는 말로 길들였죠
캄포 데 크립타나의 풍차를 향해 달리는 돈키호테처럼
우린 언제나 하나죠

전혀 어울릴 것 같지 않은 양과 말은 서로를
조율하고 닮아가면서
나를 태우고 다니죠
오늘도
양과 말을 데리고 집을 나서죠
온순한 가면을 쓰고 양처럼 순해 보여도 결국 양이 되진 못
하죠
도시의 유목민으로 떠돌며
가끔 양의 탈을 쓴 늑대를 만나기도 하죠

쉬지 않고 달리는 말의 고삐를 쥐고
오늘 하루도 열심히 뛰었죠

지친 양과 말이 빨래 바구니에서 곯아떨어지죠

임종

마침내 그의 생이 끝났다
바람 한 자락이 그의 등을 쓰다듬고 사라졌다
붉게 마른 솔잎 몇 개가 땅 위로 떨어졌다
그의 눈물이었다
선 채로 생을 놓았지만
그는 여전히 장대했다
그를 보내는 일은 아팠다
마지막 편지를 읽어 주듯
다시 흙으로 돌아가라 다독였다
그의 발밑에 부어 준 막걸리 한 사발이
울음으로 스며들었다

오랜 세월, 우리 곁에서
함께 늙어가는 낡은 기와 내려다보며
금강송 이름처럼
사시사철 푸른 힘으로 한 가계의 내력을
말없이 적어 가던 그
어느 날부터 침엽의 필을 서서히 내려놓았다
오직 그의 이름만 시퍼렇게 푸르렀다

도끼를 들었다
쿵,
한 치의 흐트러짐도 없이
곧게 넘어지는 저 황홀한 임종
도도하게 그가 다시 흙으로 돌아가는 순간
토막토막 자른 그의 시간이 안식으로 눕는다

밥맛이다

고속도로 휴게소 화장실

화장실 문이 열리고
기름지게 생긴 한 여자가
밍크 목도리로 코를 막으며 후다닥 나간다
문을 열고 들어가니
머리가 빠질 만큼 냄새가 고약했다
코를 쥐어틀고
오줌을 누고 나오는데
내 뒤의 여자가 들어가다 말고
홱 나를 째려본다

나는 손을 씻으며
'나 아닌데' 속으로 뇌까렸지만
밝힐 도리가 없다

끝없이 비우고 채우기 위하여
휴게소 안은 먹는 사람들로 바쁘고
저 멀리

다부지게 밥을 먹고 있는 밍크 목도리도 보였다
살아가는 게 참 밥맛이다

달방 여인숙

이 기억 좀 놔 봐요
아직도 내가 스무 살의 꽃으로 보여요?
당신은 해풍으로 불어와
나를 흔들지만
나는 그저 눈썹에 낮달을 얹고
차라리 쪽배처럼 둥둥 떠다니고 싶어요
이따금 술잔처럼 흔들리지만
불행을 정박하는 밤은 그래도 따뜻해요
밤마다 빈 배로 누운
몸 저 아득한 곳
아직도 내 안에는 섬 하나 당신으로 남아 있고
씻어도 지워지지 않는 비릿한 물안개가 늘 피어올라요
우리의 기억이 흑백으로 남아 있다면
지금쯤 나는 낮달이 되었을지도 몰라요
아니 목선이 되어 온종일 낯선 바람만
실어 날랐을지도 몰라요
거리 화가의 그림 속 여자들처럼
낡은 의자에 앉아 졸고 있을까요
나비부인처럼 당신을 기다렸을까요

꼼짝없이 한 곳만 바라보았던 청춘을 매립하고
폐선이 된 나는
달이 빠져나간 섬에서 아직 나오지 못했어요

낮달은 자꾸 멀어져 가는데

* 송기원의 「늙은 창녀의 노래」를 읽고

다시 길을 만들며

아픈 무릎을 들고
어머니
휠체어에 실려 엑스레이 찍던 날
단벌옷처럼 닳은 한 벌의 뼈가
소박한 액자에 흑백 사진으로 걸렸다
아버지의 술주정과 국그릇 깨지는 소리
사금파리마다 빛나던 동지의 밤이
무릎 속에 고스란히
그믐달로 비추고 있다
들여다보는 자식들의 마음도
알전구로 흐리다

열여덟에 일가를 끌고 나온 정강이는
어디쯤에서 어머니를 버렸을까
친절한 의사는 수선집 남자처럼
누더기로 박힌 어머니의 생을 골똘히 뜯어내고
빳빳한 새로운 시간을 덧대어 박음질했다
모시조개 같은 무릎이
바느질로 다시 태어났다

나란히 기워 놓은 수술 자국이

가방의 지퍼처럼

남아 있는 어머니의 생을 꽉 물고 있다

수선된 어머니 다시 아장아장 걸음마하고 있다

미끼

낚시로 잡은 돔 한 마리
도마 위에 올려놓고
단칼에 대가리부터 잘라 낸다
모든 궁리는 거기서부터 시작되므로
자유를 숨긴 지느러미도
가차 없이 잘라 낸다
날개에는 수많은 탈출이 비늘처럼 번뜩이므로
길길이 뛰던 생의 안쪽으로
한 떼의 희망이 물거품으로 솟았다 사라지는지
튀어 오른 몇 방울의 몸부림이
욕망처럼 짜다

미끼의 완성이다

일상의 어휘에
상상의 날개를 달아 주는
스토리텔러

김 종 헌 (시인)

일상의 어휘에 상상의 날개를 달아 주는 스토리텔러

김 종 헌(시인)

1. 들어가는 말

2017년 첫 시집 『나는 뒤통수가 없다』를 발간한 지 6년 만에 정영애 시인이 두 번째 시집 초고를 보내왔다.

첫 시집 작품해설에서 필자는 정영애 시인의 시적 특징을 크게 세 가지로 이야기했다. 하나는 여성으로서의 자신의 삶을 볼록렌즈로 들여다보는 페미니스트적 작품이 많이 보였다는 것이다. 두 번째는 직설적이면서도 외설적이지 않은 성담론적 시적 모티브를 노래하는 과감성을 보였다는 것이다. 세 번째는 웃음을 유발하면서도 그 밑바탕에는 인간 본성이나 사회에 대한 반어와 풍자를 담아내는 블랙 유머가 돋보이는 시적 장치의 사용이었다.

두 번째 시집 『모래시계』 역시 페미니스트적 분위기와 망설임 없는 언어의 솔직 대담성, 사회를 향한 해학적 유머가 읽는 즐거움을 더한다. 또한 관념적이지 않으면서 문학

성을 동반한 구체적 이미지가 독자의 가슴에 오래 남을 수 있는 그림으로 슬쩍 모습을 바꾸기도 한다.

　그의 작품을 하나하나 읽는 일은 즐겁다. 반짝이는 어휘들이 곳곳에서 툭툭 튕겨 나오고, 그 톡톡 튀는 단어들이 묘하게 연결되어 하나의 시적 메시지를 만들어 가는 과정을 들여다보는 일은 늘 기대되고 설레기까지 한다.

　그러나 '작품해설'이라는 색안경을 쓰고 나니 논리적 사고가 발동되는 동시에 냉철해진다. '무엇을 어떻게 풀어가야 할까?'라는 질문을 장착한 시 읽기는 어쩌면 시의 본질을 비껴갈 수도 있기 때문이다. 작품해설은 날카로운 입맛으로 작가의 가치관이나 작품성을 낱낱이 맛보는 미식가의 혀처럼 까다로울 수도 있지만 자칫하면 해설을 위한 해설이 될 수도 있기 때문이다.

　시가 작가의 품을 벗어나면 오롯이 독자의 몫이 된다. 마치 한용운 시에 나오는 '님'처럼 읽는 이에 따라 조국이 될 수도 있고 사랑하는 연인이 될 수도 있고 그리운 가족이나 벗이 될 수도 있다.

　문학은 소통이다. 정영애 시인의 시는 읽으면서 고개를 끄덕이게 되는 공감력을 가지고 있다. 월트 휘트먼의 「오, 나여! 오, 삶이여!」에서 인용한 시인의 말처럼 '이것들 속에서 어떤 의미를 찾을 수 있는가?'를 고민할 필요는 없다. '답은 바로 이것. 네가 여기에 있다는 것. 삶이 존재하고 자신이 존재한다는 것.'처럼 그냥 시가 여기 있다는 것, 시인의 이야기가 존재한다는 것만으로도 충분하다.

사족이기는 하지만 정영애 시인의 『모래시계』 덕분에 오랜만에 월트 휘트먼의 이름을 만난 것 또한 반가운 일이다. 월트 휘트먼은 카르페 디엠⟨Carpe Diem⟩으로 유명한 「죽은 시인의 사회」의 명대사 중 하나로 잘 알려진 "O Captin! My Captin!"을 쓴 시인이다. 암살된 링컨을 애도하는 시였지만 「죽은 시인의 사회」에서 다시 빛을 발했던 문장이다.

우리는 왜 시를 쓰는가? 죽은 시인의 사회에서 로빈 윌리엄스(키팅 선생님 역)가 명쾌하게 말한다.

"의학, 법률, 경제, 기술 따위는 삶을 유지하는 데 필요하다. 하지만 시와 예술, 낭만, 사랑은 삶의 목적이다."

Ⅱ. 어휘 하나에서 가져오는 상상의 힘

이은봉 시인은 시를 평할 때 "시의 핵심 모티브를 찾는 일은 작품의 싹을 틔운 씨앗을 찾는 일이다. 시의 씨앗을 찾는 과정에서 작품에 함유되어 있는 발상의 기발성, 참신성을 살펴보아야 한다. 그와 동시에 상상력의 전복성, 즉 역발상의 실제 등을 찾아야 한다."라고 말했다.

정영애 시인의 시의 가장 큰 장점은 바로 시의 씨앗인 어휘 하나에서 가져오는 발상의 기발성에 있다. 그와 동시에 우리가 가진 상상력을 뒤집어 버리는 역발상이 가히 압권이다.

객지에 사는 아들
몇 달 만에 집에 와

밤새 친구와 술 마시고

아침에 내려갔다

울화 한 다발 던져두고

—「꽃다발」 전문

  오랜만에 다녀간 아들이 준 스트레스 울화(鬱火)를 꽃(花)다
발로 비유하는 역발상은 정영애 시인의 시 전체를 관통하
는 중요한 시적 장치이다. 이렇게 우리가 가진 어휘의 보편
적 상상력을 다시 보기 좋게 뒤집어버리는 '역발상'을 그녀
의 시 곳곳에서 쉽게 찾아볼 수 있다.

  마트에서 소시지 시식은 쌈빡하다 … (중략) … 소시지를
좋아하지 않지만 / 요 염장 지르는 맛에 / 가끔 한 번쯤 맛을
본다 / 오늘은 원 플러스 원 / 그 꼬드김에 덜컥 장바구니에
담았다 / … (중략) … 연애할 때 / 조금씩 맛보던 남자의 마
음과 눈빛은 / 나를 안달 나게 했다 / 만나고 집으로 오는 길
이면 / 뭐랄까 / 막차를 놓친 기분 같은 거 … (중략) … 남자
와 남편을 묶은 원 플러스 원을 통째로 들였다 // 졌다

—「원 플러스 원」 부분

  내 친구 동생 경자 / 착한 언니와 달리 어려서부터 / 소문난
꼴통이었다 / 성질은 또 얼마나 사나운지 / 쳐다만 봐도 시비
걸고 / 손끝만 닿아도 침 뱉고 할퀴고 해서 / 우리는 몰래 경

자년이라고 불렀다 / 경자만 나타나면 모두 입을 다물었다 / 남자아이들도 슬금슬금 경자를 피했다 / 글도 모르면서 욕은 또 얼마나 잘하는지 / 툭하면 지각 결석에다 / 아이들 돈이나 물건 훔치고 / 선생님들한테도 대들어 / 경자 엄마는 하루가 멀다 하고 학교에 불려 갔었다 // 오랜 시간이 흐른 뒤 / 버스 안내양이 되었다는 소문도 있었고 / 가발 공장에서 일한다는 소문도 있었고 / 어느 항구 술집에서 보았다는 소문도 있었지 만 / 한 번도 경자를 만난 적이 없었는데 / 드디어 올해 경자 년이 왔다 / 코로나를 몰고 // 당분간 / 집 밖으로 나가지 말아 야겠다

— 「경자년이 왔다」 전문

마트에서 만난 "오늘은 원 플러스 원 / 그 꼬드김에 덜컥 장바구니에 담았다"는 소시지와 "남자와 남편을 묶은 원 플러스 원을 통째로 들였다 // 졌다"처럼 '남자와 남편'을 '원 플러스 원'의 소시지 구매와 대비시키는 발상은 결코 쉬운 일이 아니다.

또한 코로나 팬데믹의 한가운데서 시작된 2020년 '경자 년(庚子年)'을 어릴 적 모두가 무서워하고 기피하던 친구 동 생 '경자'로 환치시켜 "드디어 올해 경자년이 왔다 / 당분간 / 집 밖으로 나가지 말아야겠다"로 중의적 표현을 끌어낸 서사적 기발성은 정영애 시인의 전매특허이다.

위에서 살펴본 몇 편의 시처럼 정영애 시인의 두 번째 시 집 『모래시계』에는 시를 읽는 재미가 어휘 하나로 시작된

시인의 상상 속에 같이 들어가는 일이다. 그리고 그 상상의
세계에서 언어의 마법을 즐기는 일이다.

우리 깡으로 뭉쳤다 / 고래들이 싸울 때마다 / 우리의 등
만 터지고 / 고래들은 멀쩡했다 / 그래서 터지고 굽은 등끼리
/ 한 봉지씩 깡으로 빵빵하게 모였다 / 힘없는 우리를 심심풀
이로 건드리면 / 바삭바삭 있는 힘을 다해 부스러질지언정 /
새우의 넋만은 깡다구로 지켜내다 / 작은 것들이 뭉쳤을 때 /
비로소 힘이 세진다는 것을 알았다 / 몸을 버리고 깡으로 거
듭나보니 / 하, / 덩치 큰 고래가 우습게 보였다 / 고래는 겨우
밥일 뿐 / 일찌감치 우리는 깡으로 버텨냈으니
―「새우깡」 전문

엄마에게 그는 특별한 남자였다 엄마는 그 남자를 잘 다루
었다 엄마의 기분에 따라 임연수라고 불렀다가 이맨수라고
불렀다가 이민수라고 부르기도 했다 … (중략) … 엄마에게
있어 남자는 시인이고 가수이며 잘생긴 배우였다 하지만 엄
마의 이 비린 사랑도 길지는 못했다 아버지가 세상을 뜨자 엄
마는 칼처럼 이 남자를 버렸다 아버지와 이 남자를 동시에 사
랑했던 엄마 어쩌다 사람 이름을 얻어 망망한 바다에 호적을
둔 임연수 씨 // 매정하게 돌아선 엄마가 그립지 않나요?
―「엄마의 남자」 부분

작품해설을 위해 본인의 작품 배경을 설명해 달라고 부

탁했다. 메일로 온 정영애 시인의 작품 배경을 읽다 그만 '빵!' 터졌다. 두 번째 시집에서 필자가 가장 절창이라고 생각한 「새우깡」의 작품 배경이다. 시인이 보내온 내용을 그대로 인용한다.

딸 소정이가 새우깡을 너무 좋아해서 같이 아작아작 먹다가 아무 생각 없이 쓴 시임. '손이 가요 손이 가' 하며 딸과 새우깡 CM송까지 신나게 부르며 먹었음.

소설가 이광식 선생님이 얼굴이 빨개질 정도로 칭찬하셨던 시. 새우와 고래의 비유가 현 사회를 해학적으로 절묘하게 나타냈다고 과대평가하지만 쓸 당시는 그런 의도가 전혀 없었음. 특별한 의도 없이 그냥 가볍게 끄적거린 시인데 갑자기 덩치가 커져 버린 느낌이었음.

그냥 '새우깡' 과자 하나에서 출발 된 상상력이 다른 과자 '고래밥'을 불러내고, 그 새우와 고래가 '깡'과 '밥'으로 대변되는 서민의 삶을 소환하는 풍자적 서사의 메시지가 된 것이다.

우리나라 동해와 일본, 오호츠크해에 분포해 있는 서민들의 생선 '이면수'를 처음 보고 '임연수어'라는 사람 이름과의 관계성을 상상해서 '엄마의 남자'로 환치시키는 발칙한 상상력을 필자는 절대 갖지 못한다. 참고로 평안도 방언으로는 '이민수'라고 부른다고 한다.

142

오늘은 작은 암자 같은 이 절에 든다 / 스님 없는 이 절은 / 보살이 절이고 / 절이 보살이다 / 무명의 가사 한 벌 없는 절에 / 세상의 묵은 때 두껍게 입은 나를 온전히 맡긴다 … (중략) … 보잘것없는 몸뚱이에 동백꽃 피었으니 / 잠시 합장하고 싶은 마음 누르고 / 때 민 돈 세신사에 봉양하고 나온다

—「세신사」 부분

내 영혼의 무게는 담배 한 갑 정도 / 손끝에서 사라지는 / 연기보다 가벼운 부재 … (중략) … 21g / 딱 한 번 내쉬는 한숨의 무게로 / 불량한 나를 이끌고 / 여기까지 왔으니 / 눈금서너 개 더 지워졌을 … (하략) …

—「21g」 부분

새해 아침 / 할머니께 받은 딸아이의 세뱃돈 / 저금해 준다고 / 살살 어르고 꼬드겨 달콤하게 빼앗았다 / 쯧쯧 혀를 차는 / 사임당의 눈빛을 애써 외면하며 / 꼭꼭 접어 / 청바지 뒷주머니에 넣고 다니다 / 깜빡하고 세탁기로 돌렸다 / 빳빳하게 마른 청바지를 입는데 / 오만 원 권 한 장 / 호주머니 속 접힌 채 그대로다 / 섬유 린스 피죤의 향기까지 뿜으며 / 새 돈으로 세탁되었으니 // 이제 이 돈은 내거다

—「돈세탁」 전문

목욕탕에서 때미는 사람을 세신사라고 한다. 세신사에게 때를 밀며 슬쩍 '세신사(?)'라는 절 한 채를 지어 놓고 그 속

에 누워 무명의 가사 한 벌 입지 않은 시인은 한순간이나마 절대적인 무소유로 돌아간 것이다.

평생 피워온 남자들도 잘 모르는 담뱃갑의 무게 '21g'을 영혼의 무게로 끌어내 언젠가는 꽁초처럼 소멸될 줄 알면서도 '내가 나인지도 모르면서' 사는 우리들을 불러낸다.

호주머니에 든 돈을 깜빡한 채 세탁기를 돌린 '돈세탁'은 단순한 동시 같으면서도 현 사회의 커다란 부조리인 음지의 검은 거래 '돈세탁' 이야기를 슬쩍 꼬집는다.

순진한 딸의 세뱃돈을 꼬드겨 세탁기에 돌린 다음 "이제 이 돈은 내 거다"로 시침 뚝 떼는 유머와 능청의 힘은 단순하면서도 복잡한 생각을 하게 한다.

이는 정영애 시인에게 내재 되어 있는 상상과 역발상의 힘이다.

Ⅲ. 언어를 지적 유희로 만드는 시적 장치

촘스키(Noam Avram Chomsky)는 인간은 고유한 자기 언어를 습득하는 언어 획득 장치(Language acquisition device:LAD)를 가지고 있다고 한다. 그러나 이는 몸에 장기처럼 존재하는 것이 아니라고 한다. 인간의 기관 어디에도 언어 획득을 관장하는 부위는 없지만, 인간은 어려서부터 모국어의 음소를 습득하면서 한 단어에서 여러 단어의 복합 변형까지 언어를 생성하고 발달시켜 나간다고 한다.

정영애 시인의 시를 읽다 보면 촘스키가 말하는 '언어습득 장치(LAD)'가 다른 이에 비해 잘 발달된 시인이라는 생각을 자주 하게 된다. 언어는 학습되는 것이라고 언어학자들은 말한다. 습득으로 체화된 언어가 결국은 발화로 연결되기 때문이다. 그런 관점에서 정영애 시인은 시 안에서 그만의 특화된 발화체계를 가지고 있다.

회복은 다시 입는 옷 / 이 옷을 입기 위해서는 / 한 번쯤 몸의 바깥으로 나가봐야 한다 / 참을 수 없는 통증의 막판까지 내려가 / 내가 모르는 나를 들여다보는 일 / 어느새 사람을 벗고 환자복으로 누운 병상 / 신음마저 그렁그렁할 때 / 당신의 위로는 잠깐 피어났다 시드는 꽃잎 / 꽃잎을 물고 내뱉는 기도는 절실한 거짓말 // 몇 번의 아침이 회진을 돌던 어느 날 / 잠든 통증을 환자복 속에 벗어놓고 / 비로소 병원 유리문을 멀고 나오면 / 성당을 지나 여느 때의 출근길 같은 거리 / 환자에서 사람으로 건너가는 회복을 입고 / 돌아보니 몸의 안쪽 까지 환하다 // 수없이 삼킨 알약으로 만든 옷 / 한 방울 한 방울 링거의 눈물로 지은 옷 / 살을 벼리는 아픔의 무늬로 짠 옷 / 몸 밖에서 몸 안으로 돌아오는 순한 시간을 위해 / 어쩌면 신이 마련해 놓은 옷 / 무엇보다 옷장엔 없지만 / 다시 돌아온 옷 // 회복!

—「회복」 전문

아픈 몸이 다시 좋아지는 회복(回復)을 옷을 갈아입는 회복(回服)으로 연결시켜 "내가 모르는 나를 들여다보는 일"이고, "환자에서 사람으로 건너가는" 일이며, "무엇보다 옷장엔 없지만, 다시 돌아온 옷, 회복!"을 읽는 일은 즐거움이다.
  다른 이의 글을 읽는 이유가 '정보와 지식의 공유', '감동
과 공감', '메시지 공유' 등에 있지만, 유려하고 찰진 비유로
이루어진 '언어의 조합'을 찾아내는 '지적 유희'도 큰 몫을
차지한다.

  길을 가다 / DANGER라고 쓴 잠바를 입은 남자의 등을 보
았어 / 순간 '단 거'라고 읽고 말았어 / 저 남자 정말 달콤할까
/ 빠른 걸음으로 그 남자를 앞질러 슬쩍 돌아 보았어 / 쇼트커
트에 이어폰을 낀 채 통화를 하는 / 젊은 여자였어 / 빨간색
자수로 수놓은 위험이 잘 어울리는 여자 / 그 때 알았어 / 그
녀도 위험을 단 거로 생각했다는 거 / 위험은 필기체로 써야
한다는 거 / 위험도 가까이서 보면 웃을 수 있다는 거 / 그녀
가 횡단보도를 건너자 위험은 멀어지고 / 나는 햇살 쏟아지는
거리에 서서 DANGER를 우물거리며 / 저 멀리 흔들리는 플래
카드 속의 무지개를 보았어
                                            ― 「DANGER」 전문

  꽃들을 잃고 나는 쓰네 / 반성하라 아랫도리 역사를 외면하
는 아베여 / 무궁화꽃 짓밟던 일본의 군화들아 / 아무것도 모
르던 조선의 소녀들 끌고 가서 / 공포에 몸을 떨던 꽃잎들 짓
뭉개고 / 망설임도 없이 쏟아 내던 더러운 배설물들 / 반성하
라, 결코 너희 것이 아니었던 우리의 누이들께 / 아베 말이야,
/ 사과는커녕 진실의 문을 잠그네 / 가엾은 조선의 소녀들 //

146

오! 아베 마리아

—「아베 마리아」 전문

기찻길 옆 / 오두막집이 / 모두 / 사라졌기 때문이다

—「저출산은」 전문

위험하다. 'DANGER'를 소리 나는 대로 '단 거'로 읽어내면서 "위험은 필기체로 써야 한다는 거 / 위험도 가까이서 보면 웃을 수 있다는 거"라는 블랙 유머와 요즘 대두되고 있는 성소수자들의 문제도 외면하지 않는다.

일본군 위안부 문제를 끝내 인정하지 않는 '아베 말이야'를 '아베 마리아'로 표현하면서도 시가 전하려는 중심 메시지를 끝내 유지하는 시 쓰기는 때론 경외롭다. '아베 말이야'로 깐죽거리면서 '오! 아베 마리아'로 탄식하는 소리를 죽은 아베도 들었을까.

저출산의 문제를 '기찻길 옆 오두막집'으로 밀어내는 시적 장치는 또 얼마나 유머러스한가?

언어의 특성을 잘 살린 지적 유희와 작가의 메시지가 결코 흔들리지 않는 조화를 만들어 내는 시 쓰기란 쉽지 않다. 그래서 정영애 시인의 시 읽기는 늘 즐겁다.

대부분의 시 작품은 제목에서 시의 내용이나 메시지를 읽어낼 수 있다. 그러나 정영애 시인의 시 작품에서 여러 편이 이를 거부하는 시적 장치를 가지고 있다.

아침 일찍 물이 끊겼다/ 연못 같던 생각들도 / 한순간 / 몸 밖을 빠져나가고 / 하루가 밥알처럼 말라붙어 / 딱딱해져 가는 오전 / 물이 없는 하루를 / 나는 마른 걸레로 빈둥거렸다 // 저녁 / 틀어 놓은 수도꼭지에서 / 막혔던 시간들 쏟아지고 / 밀린 설거지를 하며 / 촉촉하게 젖어 들기 시작하는 시간 / 부엌 가득 쌀 씻는 소리 / 경전(經典)이다 / 그동안 얼마나 많은 물을 / 시간처럼 흘려버리며 살았는지 / 아니, / 얼마나 많은 시간을 / 물처럼 흘려버리며 살았는지 // 나무아미타불

—「나무아미타불」 전문

내가 사랑했던 단어 몇 개 / 그 앞에 '첫'을 붙이면 / 갑자기 바뀐 화면처럼 / 내 생이 무음 처리된다 … (중략) … 첫사랑 / 첫발자국 / 첫날밤 / 첫 월급 / 첫아이 … (중략) … '첫'은 처음으로 내게로 와서 / 곧바로 마지막이 되었다 … (중략) … 나를 꼼짝달싹 못 하게 했던 / 생의 실수 같은 '첫' / 맨 처음만 허락하는 부질없는 '첫' // 아름답고도 우라질!

—「아름답고도 우라질!」 부분

내가 저것들을 낳고 미역국을 먹었으니 / 엄마한테 수없이 듣던 말 / 그럼 된장국 먹지 그랬어! / 그때마다 걸레나 밥숟가락이 날아올 때도 있었지 / 엄마 마음은 털끝만큼도 헤아리지 못했다 // 내가 두 아이를 낳을 때마다 / 엄마는 덩실덩실 미역국을 끓여 주었다 / 꼬박 한 달 내내 / 나도 수시로 아이들한테 하는 말 / 내가 저것들을 낳고 미역국을 먹었으니 / 웃

기는 미역국 / 후회의 미역국 // 미역국은 분명 건망증의 유전자를 갖고 있다

―「즐거운 미역국」 전문

"마른걸레로 빈둥댄" 물 끊긴 오전을 지나고, "막혔던 시간들이 쏟아지고", "촉촉하게 젖어 들기 시작하는 시간"인 저녁. 쌀 씻는 소리를 '경전(經典)'으로 해석한 후 붙인 제목이 「나무아미타불」이다.

또한 "내가 사랑했던 단어 몇 개 / 그 앞에 '첫'을 붙이면" 모두가 아름다운 언어가 된다. 그러나 "나를 꼼짝달싹 못하게 했던 / 생의 실수 같은 '첫' / 맨 처음만 허락하는 부질없는 '첫'" 때문에 '우라질'이 나온다. 그래서 나온 제목이 「아름답고도 우라질!」이다.

"내가 저것들을 낳고 미역국을 먹었으니"라는 반후회적인 말을 부모에게 안 듣고 자란 사람이 몇이나 될까? "웃기는 미역국, 후회의 미역국"이라 노래하고 정작 시의 제목은 「즐거운 미역국」이다. 시의 제목을 가리고 이 시에 제목을 붙이라고 하면, 필자는 '단수', '첫이라는 글자', '후회의 미역국' 정도가 최선이 아닐까?

이렇게 시적 어휘 사용을 통해 시 읽는 재미를 배가시키는 작품을 정영애 시인의 작품에서는 자주 만난다.

　… (전략) … 세상에, / 노을과 관계한 이 새로운 경험이라니 / 요실금! // 나의 첫 경험은 대부분 허리 아래 / 나의 거기

로부터 시작되니

—「첫 경험」 부분

퇴행성이라는 말 / 어쩐지 기분 나쁘네 … (중략) … 앉았
다 일어나는 밤하늘에서 / 아프게 부스러지는 별빛들 / 그래
도 퇴행성이라는 말 / 기분 나빠 / 태행성이라는 우주별로 안
고 걸어가네

—「퇴행성 관절염」 부분

아시아에서 음식을 조리하며 / 아프리카의 굶주림을 본다
… (중략) … 식욕을 끓이고 / 웃음을 무치며 / 왁자한 재료를
넣고 / 음식을 조리했던 나의 시간은 / 부조리였을까 … (중
략) … 지구 건너편에서 밥 먹듯 굶고 있는 / 검은 대륙을 밀
으며 숟가락을 놓는다 // 조리가 부조리로 식어가는 중이다

—「조리와 부조리 사이」 부분

순한 양이란 말은 낯설이죠 / 거칠고 방향 감각이 없어 자
주 길을 잃었죠 … (중략) … 전혀 어울릴 것 같지 않은 양과
말은 서로를 / 조율하고 닮아가면서 / 나를 태우고 다니죠 / 오
늘도 / 한 발은 양을 타고 또 한 발은 말을 타고 집을 나서죠
… (중략) … 지친 양과 말이 빨래 바구니에서 곯아떨어지죠

—「양과 말」 부분

위의 시들을 살펴보자. '첫 경험'이라는 단어는 대부분 우

리에게 젊은 시절의 그 '무엇'을 떠오르게 한다. 수줍고도 설레는 미지의 그 어떤 첫 문을 여는 현기증은 아름답기까지 하다. 정영애 시인은 나이 들어가 면서 겪는 신체 노화에 의한 질병인 요실금도 "세상에, 노을과 관계한 이 새로운 경험이라니" 하면서 유쾌한 '첫 경험'이라고 당당하게 말하고 있다.

퇴행성 관절염의 '퇴행성'을 덜렁 덜어내고 '태행성'이라는 새로운 별 이름을 아픈 무릎에 받아들여 무릎의 통증을 부스러지는 별빛으로 뿌리고 있다. 정영애 시인은 퇴행성 관절염을 우주의 태행성이라는 새로운 별로 받아들일 만큼 매사에 긍정적이고 '첫 경험' 같이 엉뚱하면서 장난도 잘 치는 시인이다.

요즘 TV에는 채널마다 음식에 관한 프로그램이 넘치고 찬다. 소중한 음식이 우리 입에 들어오기까지의 수고로움과 감사함은 뒤로 하고 자극적이고 오락적으로 흘러가는 모습들이 씁쓸하다. 시인은 가족을 위해 요리를 하고 음식을 먹으면서 기아로 허덕이는 아프리카를 TV를 통해 만난다. 음식을 조리(調理)하면서 아프리카의 빈곤을 바라보며 부조리(不條理)라는 단어를 대비시킨다. 우리들의 부족함 없는 조리(調理)가 어쩌면 부조리(不條理)가 아닐까 질문하는 작가의 마음에 공감한다.

발에 신는 '양말'이라는 단어를 '양'과 '말'이라는 동물로 환치시키는 조어 능력은 그리 쉽게 표출될 수 있는 시적 장치가 아니다. 이런 어휘들은 읽는 재미가 쏠쏠하다. 그 과정을 필자는 정영애 시인의 작품에서 빛나는 언어가 주는 '지적 유희'라 이름 짓는다.

Ⅳ. 발은 땅 위에, 머리는 구름 위에 둔 시인

정영애 시인은 다재다능하다. 끼가 많은 시인이며, 시를 제대로 된 소리와 몸짓으로 표현하는 낭송가이기도 하다. 십 년 전 속초에서 강릉으로 이사 가면서 전업주부에서 카페를 운영하는 사장님이 되었다. 방목에서 우리 안으로 걸어 들어갔다. 이번 시집에는 그렇게 스스로 걸어 들어간 우리 안의 답답함이 매일 접하는 '커피'라는 매개체를 통해 스며 내렸다.

한 번쯤 / 양지다방 같은 곳에 앉아 / 달달한 커피 한 잔 마시고 싶다 / 아메리카노로 물 든 / 쓸데없는 입맛 잠시 접어두고 / 양지바른 곳에 핀 영산홍 같은 / 다방 아가씨가 날라준 커피를 / 두 손으로 감싸들고 / 오래전의 나를 불러내 보고 싶다 // 그 사람 아니면 죽을 것 같은 열병으로 / 날마다 불투명한 약속을 만지작거리던 / 환절기 같은 연애 / 늘 먼저 달려가 기다리던 다방 / 커피는 식어가고 / 환장하게 지루한 봄날보다 / 오며 가며 째려보던 / 레지 아가씨의 진분홍 짧은 치마가 / 더 아슬아슬해서 / 안절부절못했던 기다림 // 살아보니 / 사랑은 무슨 말라비틀어진 개뼈다귀 / 무릎에 파스 붙이며 구시렁거리고 있는 / 낡은 여자

—「다방 커피」 전문

카페로 들어온 젊은 여자 / 한참 메뉴판을 들여다본다 / 오늘 드립은 뭐예요? / 에스프레소는 원샷이에요? 투 샷이에요? / 카페모카에 생크림 올라가요? … (중략) … 한참을 망설이다 / 그냥, 아메리카노 한 잔 주세요 / 젊은 시절 / 무수히 많은 메뉴판 같은 길을 놓고 / 갈팡질팡했다 / 마셔보지 못한 커피의 이름처럼 / 내가 가야 할 길의 맛이 궁금해 / 이것저것 기웃거리다 / 결국 / 뜨겁고 양도 많으면서 오래 마시는 잔을 골랐다 / 아직도 마시고 있는 / 다 식은 아메리카노 // 결혼!

―「그냥, 아메리카노」 부분

한 잔의 암호 // 몰래 하는 키스처럼 / 깊고 빠르게 / 어두운 욕망으로 번지는 / 혀끝의 파멸 / 한순간 돌아선 너를 찾아 헤매던 / 막다른 골목 같은 // 한 모금의 퍼포먼스 / 한 잔의 어떤 질문 / 영원히 풀 수 없는 검은 허구

―「에스프레소」 전문

정영애 시인은 「다방 커피」에서 '낡은 여자'가 되기 이전의, 지금은 사라져 가고 있는 다방과 다방 아가씨 혹은 레지라고 불렀던 그 아가씨들을 우리 앞에 불러낸다. 그리고 우리에게 잊고 있던 흑백의 그림을 던져 주며 지금은 세련된 커피전문점으로 대체된 시대의 변화를 보여 주고 있다.

"아직도 마시고 있는 / 다 식은 아메리카노 // 결혼!"의 「그냥, 아메리카노」에서는 결혼을 "아직도 마시고 있는 다 식은 아메리카노"에 비유하고 있다. 뜨거운 사랑보다는 끈

끈한 동지애로 동행하는 다 식은 결혼을 지금도 훌쩍거리며 정영애 시인과 더불어 우리는 그냥 아메리카노로 살아가는 중인지도 모른다.

또 정영애 시인의 현재의 삶에 있어서 「에스프레소」는 "한 잔의 어떤 질문"이자, "영원히 풀 수 없는 검은 허구"이다. 즉 정영애 시인이 일상으로 내리는 저 커피 한 잔은 삶에 대한 '갇힘과 풀림'에 대한 갈등이다.

> 너의 뚜껑으로 산다는 거 / 나는 한 번도 그 무엇을 담을 수
> 없다는 거 / 그러나 그 모든 것과 한통속이 되어 / 골 빈 여자
> 처럼 / 끝까지 같이 가야 한다는 거
>
> ─「뚜껑론」부분

그 갈등은 자신을 위한 삶이 아닌 다른 이를 위한 보잘 것 없지만 없어서는 안 되는 '뚜껑'이 되면서 회의에 이른다.

> 이미 너무 멀리 와 버려 / 돌아갈 수가 없어 / 생의 표지판
> 한 장 없이 여기까지 온 내게 / 돌아가라니 / 연말이 되면 내
> 안에서도 부실 공사 다시 하느라 / 너무 위태로운데 / 언제 무
> 너질지 모르는 금 간 나를 부추기다니 / 공사가 위험한 게 아
> 니라 / 그냥 내가 위험 표지판이다
>
> ─「위험 표지판」부분

그리고 그 회의감은 "그냥 내가 위험 표지판이다"라는
자각에 이른다.

> 총알 없는 / 권총 한 자루 같은 / 일상들 / 하루 / 한 달 / 일
> 년 - - - // 시바 / 이렇게는 못 살겠어 / 넌 괜찮아? / 녹슨 일
> 상 몇 개 장전하여 / 나를 향해 쏜다 / 탕! / 탕! / 탕!
>
> ─「권태」 전문

그 자각은 한도를 넘어 갇혀 있는 권태로운 우리들 모두
의 일상을 향해 '탕! 탕! 탕!' 총을 뽑아 든다.

철학자 아르투어 쇼펜하우어의 저서에는 인간이 어떠한
목표를 달성하면 목표가 가치를 상실하게 되고, 새로운 목
표 달성을 위해 다시 약동하기까지의 공백을 권태라 주장
했다. 이러한 입장에 따르면 생물이 노력하는 양에 비해 얻
을 수 있는 '만족'은 순간적인 것일 뿐이고 그 후엔 기나긴
권태와 또다시 약간의 만족을 위한 기나긴 고난을 행하기
때문에 생의 욕망에 대한 집착이 인간을 계속해서 고뇌의
사이클에 가둬 버린다는 것이다.

그래서 인생은 고통(욕망)과 권태 사이를 왕복하는 시계
추라고 했다. 그는 이러한 이론을 바탕으로 자신의 허무주
의적인 가치관을 세우기도 했다.

> 과거 있는 여자는 용서해도 / 못생긴 여자는 용서할 수 없
> 다는 / 웃기는 세상 / 이제 시 쓴다고 밤늦게까지 앉아 / 쉰 밥

처럼 하품하는 일 따위 안 할 거야 // 나 다시 태어나면 몇 번
이고 세숫대야 갈아엎어 / 뻔뻔한 마네킹 같은 면상 튕기면서
/ 겁대가리 없이 살아볼 거야. // 이모, 여기 처음처럼 한 병 추
가요 / 딸꾹

—「술 취한 날」 부분

「술 취한 날」은 술 한잔에 용기를 내어 우리 사회에서 노
력하지 않고 쉽게 성공하는 사람들을 야유하며 자신도 그
렇게 살 거라고 술의 힘을 빌어 큰소리 친다. 그러나 그 용
기는 그냥 취기일 뿐 처음처럼 한 병을 추가하며 다시 열심
히 살아가는 처음의 시인으로 돌아간다.

남루한 생을 짊어진 나의 등을 생각한다 / 서로 볼 수 없는
숙명으로 / 나를 다독이며 / 묵묵히 뒤에서 같이 걸어왔을 등
// 처음으로 / 등에 어울리는 옷 한 벌 사 입혀야겠다

—「등을 위하여」 부분

취기가 깬 아침, 그녀가 할 수 있는 일은 고작 "등에 어울
리는 옷 한 벌" 사 입히는 것으로 타협된다.

나 역시 '적당히'와 야합해서 / 한 생을 적당히 살아가고 있
었으니

—「적당히」 부분

그리고 다시 적당한(?) 일상으로 돌아온다. 적당히와 야합하며 살아가는 우리를 싸잡아 적당히라는 편리한 저울에 같이 올려놓는다.

> 사랑 하나로 먹고사는 줄 알았지 / 결혼은 무덤이라는 말에 / 흥, 코웃음 치며 / 무덤 속으로 냉큼 들어갔지 / 그곳은 무덤이 아니라 / 뜨거운 전쟁터였지 … (중략) … 내가 판 무덤에 / 내 스스로 갇힌 걸 알지 / 벗어나고 싶어도 / 무덤을 담을 만한 / 큰 여행 가방을 구하지 못해 / 오늘도 몰래 가방을 만드는 중이지
>
> ―「가방을 만드는 중이지」

"나에게 전쟁을 가장 많이 가르쳐 준 남자" 문정희 시인의 「남편」이라는 시에 나오는 문장이다. 반대로 '나에게 전쟁을 가장 많이 가르쳐 준 여자'이기도 한 결혼은 무덤이고 뜨거운 전쟁터지만 시인은 결코 그곳을 벗어날 생각이 없다.

무덤과 전쟁터를 담을 만한 가방이 있기나 할까? 몰래 가방을 만드는 중이라고 엄살을 떨며 쉽게 이혼하는 사회가 된 지금, 이혼보다는 우리 모두 같이 큰가방을 만들자고 은근히 꼬드기고 있다.

그러나 여전히 정영애 시인은 발은 '땅'에서 놀고 머리는 '구름 위'를 향해 '오늘도 씩씩하게 아무것도 담을 수 없는 큰가방을 만드는 중'이다.

나 비로소 시간을 보고 말았네 / 흐르는 시간이 모래였다는
것을 / 평생 모래밥을 위해 살아왔다는 것을 / 그래서 한 사람
의 생이 고비라는 것을 / 시간 속에 손을 넣으면 / 상처와 후
회가 사금파리로 반짝거린다는 것을 / 수없이 긁힌 시간들 거
꾸로 되돌려보아도 / 시간은 다시 꽃으로 피지 않고 / 스윽 당
신을 스치고 지나간다는 것을 / 삼십 년이 3분처럼 흘러간 자
리에 서서 / 시간은 금이라는 말 다시 고쳐 쓰네 / 시간은 당
신 손가락 사이로 빠져나간 모래 / 어떻게 살아도 시간은 끝
내 우리를 버린다는 거 / 나 비로소 시간의 속을 보고 말았네.
—「모래시계」 전문

마지막으로 표제작 「모래시계」에서 시인은 냉정하고도
엄숙해진다. 시간의 일반적인 표상이나 시간에 대한 현상
이 아니라 시간의 근본에 대해 물음을 던진다. 그러면서 어
떻게 살아도 시간은 끝내 우리를 버린다고 스스로 답을 내
놓으면서 시간의 깊은 속을 시인은 들여다보고야 만다.

문득 어느 잡지에 실린 글이 생각나 옮겨 본다. "우리 사
회는 서양 문화를 빨리 쫓아가면서 살아왔기에, 시간을 따
라잡으며 살았지 시간에 대해 성찰하고 의미를 부여하는
일에는 인색했다"라는 말에 깊은 공감을 한다.

당신, 시간을 본 적 있는가?

V. 나가는 말
평론가 정준영은 시평에 대해 이렇게 이야기했다.

시를 보는 것은 누가 뭐래도 어려운 일이다. 문장들 속에서 시인의 절실함(혹은 영혼)을 보는 일이기 때문이다. 또한 시를 볼 때는 대립의 단순한 이분법적인 구별을 넘어 따져야 할 것들이 있는데 그것은 작품 속에 있는 '정신'을 파악하는 것이고, 그 정신이 얼마나 진실된 것인가(진실성)를 살펴보는 일부터 시작하여, 주목할 만한 인격체의 드러남이 있는가(유일성)를 봐야 할 것이고, 대중성으로부터 얼마나 탈피했는가(비대중성)를 생각해 보는 동시에 대중과의 친숙함은 어느 정도인가(대중성), 그리고 멀리는 작품의 유산적 가치(보편성)까지 보아야 할 것이다. 그 외에도 작품이 주는 미적인 측면에서 언어적 형상화의 능력(표현성)은 어떠한가를 살펴보아야 한다.

정준영 평론가의 말에 100% 동의하는 것은 아니지만, 우리가 다른 이의 작품을 살펴볼 때 시사 하는 바가 많아 인용해 보았다.

위의 관점에서 볼 때, 정영애 시인의 작품에서 가장 돋보이는 것은 '언어적 형상화 능력(표현성)'이라고 생각한다. 그렇다고 정영애 시인이 특별한 시어를 사용하는 것이 아니라 일상에서 우리가 흔히 쓰는 언어라는 것이다. 그 흔한 언어가 그의 작품 속으로 들어가면 바다에서 금방 건져 올린 생선처럼 팔딱팔딱 튀어 오른다는 것이다. 하나의 어휘에서 출발된 시의 상상력은 그 방향을 가늠하기 어려울 정도로 통통 튄다. 그러면서도 시인이 전달하고자 하는 메시지를 선명하게 유지하는 시적 장치를 가지고 있다. 그래서 정영애 시인의 시를 만나는 일은 늘 즐겁다.

끝으로 시인이 내게 보낸 시 「에스프레소」에 대한 작품 설명으로 해설을 마친다.

에스프레소는 이탈리아어로 '빠르다' '신속하다'라는 뜻이다. 현대는 방향보다 속도로 살아간다. 속도는 무한한 욕망을 좇는다. 욕망의 끝은 대부분 파멸로 치닫지만 우리는 빠르게 변화하는 시대의 에스프레소로 살아간다.

좋은 커피에는 많은 조건과 요소가 있다. 아로마는 향기, 바디감은 입 안에 커피를 머금었을 때의 묵직한 무게감, 산미는 과일의 신맛 같은 기분 좋은 맛이며 풍미는 저녁노을 그림자처럼 길게 여운으로 남는 미묘한 맛을 말한다.

우리의 삶도 분명 커피처럼 향기와 풍미를 지니고 있다. 그러나 군중들 속에 떠밀려 어디로 가는지도 모르고 달려가고 있다.

한 잔의 암호, 영원히 풀 수 없는 검은 허구를 좇으며.

벌써 정영애 시인의 3집을 기다리는 생각에 필자는 설렌다. 『모래시계』를 읽는 독자들에게 아르투어 쇼펜하우어의 말을 전한다.

"자주 절망하고 가끔 행복하라."